午後の庭

永田和宏歌集

［GOGONONIWA］ KAZUHIRO NAGATA

角川書店

午後の庭＊目次

装幀　倉本　修

歌集　午後の庭

永田和宏

二〇一一年

日本手拭

少しだけ君よりさきに逝きし猫トムと呼ばれて骨も残さぬ

病む妻を持てるは悲しかりしかど亡き妻を持つと今は言はるる

引きとめる念ひ(おも)も力も弱すぎて君を失ひ夏を失ふ

ああしんど　幾たび聞きし幾たびを聞きてすべなく聞き流したり

よく生きたよくやつたよと告げたきにこの世の夏がまた巡りくる

また夏がこの世に夏が巡りくる君が聞きゐし蟬声を連れて

最終歌集『蟬声』のために

君が残せし言葉を拾ふために来る淳が来て紅(こう)が来てこの夜の卓

この頃だつたかあなたがこの世を離れしは　歌を読みつつ不意なる涙

『蟬声』はいいタイトルだと淳に言ふ死ぬ日産みし日鳴きしづみゐし

われといふ存在が君にありしこと立ちどまり立ちどまり歌を読みゆく

あなたとふ君とふ言葉に立ちどまり立ちどまり進まぬ夜の校正

告げしことそれより多き告げざりしことも伝はり逝きたるならむ

ザルツブルク郊外にてヨーロッパ分子生物学会

裕子さん　あなたと一緒に来たかつたキンポウゲ咲く湖の岸

水を走り水を走りてなほ浮かぬ白鳥の内臓はありありと見ゆ

若き気負ひにおのれ鎧ひて攻めくるをかはいいと思ふは衰へか　然り

長いなあ一週間は　英語しか話さぬ日々に呟いてゐる

買つてやる誰もなけれど空港の宝石売り場をぶらりぶらりと

ゆつくりと歩ける人ら陽に見えてタラップを昇りみんな消えたり

いつからリボンをつけなくなつたのだらう
お爺さんになつたのねえと現はれる焦げ茶のリボンの君がいつかは

コスモスの揺れの間に間に見えてゐし日本手拭があなたであつた

かくも悲しく人を思ふといふことのわが生涯に二度とはあるな

鼻と親指

戴きし柿を袋に提げてゆく幼な四人がゐる川向かう

いっせいに四人がわれに跳びついてはじき出されし三番目が泣く

さらさらと欅落ち葉す無遠慮な柿の落ち葉の音もまじへて

われだけに伴侶がなくて息子にも娘にも電話をかけられずゐる

晩年とふを持たざりし君の悔しさを誰かがわかつてゐてはやらねば

遺し逝くはうの辛さをまた思ふ　わが母の場合わが妻の場合

子も猫も吾もまとめて鼻を撫できみが親指の元気だつた頃

隙（すき）あらばわたしの鼻を狙つてゐたきみが親指その笑ひ声

トムが死にあなたのあとにムーが死にきほんとにあなたの望みどほりに

おかへり

おかへりと言うてもくれぬ門口の桜の枝をくぐりて入りぬ

おかへりと言うても損はなかるまいに門柱のうへ猫の口笛

貼り薬背中に三枚張りつめてさあ寝ておいでとありしあの頃

喪の家となりたるゆゑに山ざくら淳が植ゑたり庭の斜りに

喪の家にもしもなつたら山桜庭の斜りの日向に植ゑて　河野裕子

金輪際ともに見ることもうあらぬ桜たとへば高遠の桜

暴発のやうに泣きたるあの夜のわれを受け容れうれしかりしか

遺されし歌書き写すこれ以上増えることなきかなしき歌を

鯉の扇子

バッグよりまづ取り出して立てかける君の写真をホテルの窓に

間の抜けた鯉の扇子は君が購ひ無くさないでねと念を押したり

けふは三度も大声出して笑つたと懺悔のごとく風呂に思へる

2Bの鉛筆ちびて消しゴムの丸きもありぬ君の筆箱

もつともつと疲れて今はゐるのだがかはいさうにねえと言ふ人もなし

さうかあなたはもうゐないのかコスモスが咲いたらもつとかなしいだらう

丸き葉の桂の若葉が風に揺れこの大学に二度目の五月

この冬はタオルを巻いて湯湯婆（ゆたんぽ）を君に運ぶといふことなかりき

もう少し行かうかと言へば頷きて細き歩みについて来しなり

家族としてありたる日々の短さをその後の時間が越えてゆくのか

半身つれて君に還らむと詠ひしに夢にも人は現はれぬなり

夫とふ居場所はどこにもうなくてテーブルの角に陽が差してゐる

襟足が美しかつた　わが言へばその過去形は君を傷つく

語るたび少しづつ君がずれてゆく　ま、いいか　夏至の日の立葵

死者には家族のあることを

みちのくの　空くらき村　みちのくの　つつましき灯よ
みちのくの　犬や牛たち　容赦なき　水は奪ひて　水に
滅びき

どのチャネル　どのチャネルにも　水は荒れ　水は押し
寄す　流さるる　家また車　家々に　人はあるとも　車
には　幼ならあるとも　押しつぶし　ぶつかり合ひて
攫ひゆきにき

かくまでに　凄まじき水　かくまでに　仮借なき水を
見る人と　なりたるわれら　見るほかは　無かりしわれ
ら　映さるる　村に息呑み　重なれる　車や船や　鉄骨
の　残れるビルも　屋根のみと　なりたる家も　おしな
べて　悲しかれども　思へらく　つひに一度も　映さる
る　ことなかりしは　流されし人々

われはいま　ひとりの死者を　わが妻の　死を抱へつつ
寂しさを　この悲しみを　いつまでも　抱へゆかむと

されど噫　二万とも　二万五千と　ただ数に　数へられ
ゆく　死者たちに　そのそれぞれに　死を嘆く　家族は
あるを　苦しさに　寄り添ふと言ふ　悲しみを　頒ちあ
ふとふ　空々しき　言葉はあるも　寄り添ふも　頒つも
もとより　できるはずなし

ひとりひとりの死者には家族のあることを嘆きとともに思
ひゐるべし

乱視

作らないやうに作ると言ひたれどあいまいな頷きがあちらにもこちらにも

亀だつてときには腹を干したからう裏がへる亀を見しことなけれど

乱視ありますねえと言はれなくてもあなたの顔が二重に見えてます

何度あやまれば気がすむんだと苛立てる小(ち)さき声あり隣のトイレ

大切に包(くる)まれ出でこし賀茂茄子の三個はたしかにありがたきもの

何もしないことが最善の治療ですとあつけらかんと言ひてこの女医

父九十歳食道癌

カミツレ

歳月のすみずみになほ咲き残るひとつふたつと紺のあさがほ

河童忌は汝が誕生日カミツレを買つてこようかいつものやうに

からすうりの繊弱な花は夜に開く六十五歳は君に無かりき

カミツレを少し多めに処方して午後深き陽に淹れるハーブ茶

カミツレのあるカーテンを喜びて南の小部屋が君の書斎に

二〇一〇年早春　室生寺　四首

わづかなる傾斜に君が苦しみし宇陀室生寺に風寒き頃

風寒き鎧坂なり坂なかばわれに凭れて息をととのふ

ああしんど　いつものやうに凭れくる君の背があり背なの温とさ

この場所もふたたび君と来ることのあらぬ場所なり室生寺を去る

二〇一〇年　小野市詩歌文学賞授賞式

あと三年欲しいとふ君が挨拶の語尾の震へをみなが記憶す

二〇一〇年　夏の一日　二首

よくやつたよく生きたよと言ひやりき静かな夏の静かな夕べ

耳だけは最後まで生きてゐると言ふわたしが泣きやむまでを生きゐよ

姫女苑（ひめぢよをん）は春紫苑（はるじをん）と違ふハルシオンは入眠剤にして副作用強し

昼のひとりの時間がとことんさびしくて君は病みにき癌よりも深く

どこへとも言ふ必要も人もなくこの池の端に亀を見てゐる

はこべらの〈ら〉は等（ら）にあらず繁縷（はこべら）でありしを知りぬ『胡瓜草』のなかに

小さき実のあまた落ちゐる青柿のいくつかは踏む朝の出がけに

ほどほどの関係とふを強調し小池光が猫を語るなり

帰つたぞ、飯だ飯だと飼ひ猫になりたるばかりの野良猫が騒ぐなり

誰のこゑも聞こえぬ家になりたれば野良猫引き入れてしきりに喋る

嫌だねえ男の嫉妬なかんづく俺が一番だつて思つてる奴の

殊更にわれを無視してみせたがる若きらのなかにゆつくりと喋る

コラーゲンを飲んでもなんにもなりません　そこだけ受けて終はる講演

君がため淳が買ひ来てわれら植ゑし山桜なり鹿に喰はれき

もうお帰りと言ふのは誰か夕翳りする水の面（も）に鳥を浮かべて

夕翳りしたる湖面がなまなまとせりあがりきてああひとりなり

そして一年

一周忌と人に言はれてはあそんなものかと思ふどうでもよけれど

残さるるわれをあはれみ残しゆく己を哀(かな)しみ汝(な)が夏はありき

長生きして欲しいと誰彼数へつつひにはあなたひとりを数ふ　河野裕子

この一首があるからわたしは生きてゐるさうかもしれぬいいではないか

あなたとふやさしき呼び名に呼ばるることこの後（のち）のわれに無きさびしさよ

倖だつたと思へるきみとわれがゐてそれがやつぱり倖だつた

草かまきり

コスモスもひるがほも届き一周忌もう忘れよと人は言ふなり

もうあれは去年のことかきみに降りわれらに降りし蟬声の夏

油蟬去年よりはげしく鳴きをれど聴くひとのなき部屋静かなり

羨ましと言うてはならぬそれぞれが連れ合ひと来る汝が一周忌

さびしさはいつも不意打ちあまつさへきみを偲んでゐる人たちのなか

仏さんなんかにならんでよろしと言つてゐる　きみの口調がそのまま私

夏草を草かまきりが渡るなり風に吹かれてそよぐかまきり

束の間の後前（あとさき）ありやと詠ひたる人の齢の思はれて　夏

朝の扉(と)に蟬の屍(し)を掃く日本の夏しか知らぬこれもいのちなり

街裏を流るる運河どの町にも居酒屋はありてゆふべ灯せる

ふらりとひとりで呑みに入るといふことの息子にはできてわれにはできぬ

ああさうだと振り向き物言ふコロンボの追ひ詰め方は嫌ひだつたな

喜望峰

グーグルに二件のヒットを見たるのみ永田嘉七はわが父にして

すがるやうな眼差しを避け耳遠き父との会話を幾たび遮りき

一心にわが唇を読みゐたるその哀れゆゑ近づかざりき

耳だけは最後に残ると人は言ふ耳の聞こえぬ父の傍(そば)にて

口あけて眠れるのみとなりしかばもういいよもうと子は願ふなり

もういいよ頑張らなくてももういいと息の苦しき額を撫でやる

もうこれは父ではないと言ひきかせ昏睡つづく父に付き添ふ

高カルシウム血症による昏睡とその昏睡は恩寵のごとく

三人の妻を得たるは幸せとその悲しみの一世（ひとよ）はくらる

息子さんを誇りにといふ幾たりの言葉をただにさびしくぞ聞く

手鞄に句帖印鑑整頓し開くことなく父は逝きにき

遺句集とならざりしこの幸ひの父が名づけし名の『喜望峰』

二〇一二年

柿紅葉

柿の葉の紅葉のなかに柿実る夕日差しをりしんしんと独り

あなたとふやさしき言葉に呼ばれゐしあの頃あなたはわたしであつた

息をするのが苦しいほどにさびしいとそのさびしさのなかに死ににき

結局はあなたのなかのさびしさがわからなかつたわからうとせず

相槌を打ちくるる人のなき部屋が隅よりがらんと夕暮るるなり

過労鬱ときみがゐたなら言ふだらう歯刷子(ハブラシ)銜へて湯槽(ゆぶね)に目覚む

丸二日帰らぬ猫がゐるゆゑに娘もわれも剣呑になる

竹箒

竹箒のはつしはつしと小気味よき音庭になし冬の陽が差す

さびしいんだろ、だろ、だろ、だろつと雪虫が竹の箒につかまりて言ふ

度し難し

まつすぐにあなたが私に投げかけてゐたはずの言葉　寒かつたのだ

歌のなかにきみが遺せし言葉なれば火(ほ)めくありそして囁(ささや)けるあり

傷ついて傷つけてただに愚かなりし二人なりけり歌集のなかに

再婚はともう訊く奴がゐる度し難き科学者集団のなかのわたくし

畳ベッドの横の畳は空いたまま　空けておくなりこのままずつと

くすくすと笑つてゐるのは誰だらう紅葉の山にくすくすくすくす

無くさないでと君買ひくれし鯉の絵の扇子の行方がまだわからない

2Bの鉛筆をもて○をつけ歌にはボールペンは似合はないと言へり

モンゴル力士の本名みんな諳（そら）んじてつくづく変なり高野公彦

ビートルズを知らず過ぎにき何ごとにつけても損な長男長女

だいぢやうぶか

いつせいに柿の葉落とし霜月の庭が元気か大丈夫かと言ふ

だいぢやうぶかと訊くひとがゐる大丈夫であるはずがないと言つてみようか

綿虫にもひと世はあるかあるならむ流されてセーターの袖に止まれる

語るたび美化されて死者は遠ざかるええいままよと校正もせず

野良猫をかつてにローリと名づけたりローリは君が飼ひゐたる猫

おまへなら彼女がきつと気にいるよ新参の猫の頭をなづるなり

ひよつとしてあなたなのかと思ふまでこの白黒の猫のわがまま

六十四年の生の厚みの一端に知りたり猫の耳湿れるを

いつ行つてもこのごろ櫂(かい)は留守がちで末のふたりが飛びついてくる

裕子ちゃんを覚えてるかいと尋ねれば三人頷く一人はあやふやなれど

霜月の落葉はおほかた湿りがち君の箒に掃き寄せて焚く

大阪駅地下の焼鳥屋で呑みしこといちばん楽しかつたと大真面目に言へり

さりげなく野の花があつたあの頃のコップにゑのころの穂が三、四本

三日月の端に出てゐる舌が見えにやりと暮るる山の端(は)の月

生きてゐる人だけが歌を作り歌集を読んでゐる冬の夜

お父さんがゐた頃よねえと玄関で子供らが話す声が聞こゆる

糊代

「さうさなあ」と私のなかの水平が傾くやうに秋の陽が差す

半ズボンが窮屈さうで大きくてハンプティダンプティのやうなどんぐり

半ズボン穿いて小学四年生くぬぎどんぐり空き缶のなか

われのひと世にきみありしこと冬枯れの疎林のやうに光羞しき

ルガーノからコモへ夕暮れきみに会ふために急いだかの夏のこと

静脈瘤そろそろ切らねばと思ひつつ過ぎし二年に君がゐなくなつた

殺人犯挙がらなければいつまでも現場であるなりこの辻を過ぐ

ガーゼの語源知りたる歌集を棚に置くまだしばらくは手の届く位置に

説得がだんだんうまくなつてゆくときに脅しを匂はせながら

締切りののちの糊代にからうじて息をつなぐと言ふか　言ふべし

天空橋

春の夜の月に蜜あり花に疲れ人に疲れて疏水をひとり

幅でまた高さで色で自己主張してゐる本の背が騒がしき

喧嘩ばかりするなするなら勝つて来いと息子に言はざりしを猫に言ひ聞かす

ハングルに続いて鼻音の中国語天空橋をくりかへし告ぐ

鼻音濃き中国語にてくりかへす天空橋には降りしことなき

征露丸と書きゐし頃の黒き粒戦役記念丸などとも呼ばれ

日にいちど向きを変へると聞きて立つ隅田川辺（べ）り芭蕉翁像

六十四歳以降の私の年譜には出てくることのない人がゐる

恋文といふものならむ君からの、君宛ての束三百通は

寒光（さむかげ）といふ字（あざ）しづか辻に咲く白梅の花ふくらみて咲く

眼鏡

落人のごとき思ひに仰ぐかな人亡き庭の白梅（しらうめ）の花

紅梅のまだ咲かざるをよろこびて白き花咲く梅林を行く

いつの間にか眼鏡はわたしの一部分ときどき行方を晦(くら)ませもする

階段を踏みはづしたり踏みはづし呻(うめ)けば廊下は冷えて暗しも

しばらくを呻いてをりぬ呻いても誰も来てくれることなき家に

こんなふうに死んでゐるのが発見されやつぱりねえと人ら言ふらむ

鉄人28号

新長田の駅から鉄人ストリート　ビルをまがれば鉄人がゐた

鉄人アーチを潜つて少し寄り道をしてもいいだろ　午後から講義

客員教授二年目にしてまはり道　踏ん張る足を下より見上ぐ

悪にでも正義にもなるロボットの無表情こそ魅力なりしか

嫌つてゐたのは鉄腕アトムの正義感　十万馬力といふ嘘くささ

ウランにアトムみんなが愛してゐたころの洗ひざらしの空の明るさ

小型操縦器(リモコン)とふ言葉をそのころ覚えしか　思へば少し悪に傾き

懐かしいなあ、悪役たち。不乱拳酒多飲(ふらんけんしゅたいん)博士、クロロホルム、ニコポンスキー、スリル・サスペンス、ジャネル・ファイブ

とりあへず悪役にこそ味がありグリコに力があつたあの頃

強羅山荘

父を亡くせしゆゑ兄妹が旅に来て大涌谷に黒卵食ふ

強羅山荘更地となりて黒土に無限軌道の跡深くあり

ブルドーザーの黄に春雪の流れ寄る茂吉山荘跡かたもなし

用無くて眠るほかなき雄牛の意　ブルドーザーに日本語はない

強羅公園のぼりのぼりて辿りつく茂吉の歌碑は春雪のなか

茂吉歌碑の前にて写真を撮りたれば写真のわれの髪の白さは

芦ノ湖へ下りゆくなり木々芽吹くまへの羞しき梢の上を

ヌートリア

あつけなく夏至の日は過ぐ眼の奥に深き疲れとふくろふが棲む

君が死を呼び寄せたのだあの夜は私が私を悲しんでゐた隙(すき)に

水面より前輪のみが見えゐたる自転車ありき運河の雨に

ヌートリアとその子供らを見たと言ふ鴨川よりのメール短し

音声認識はフーリエ変換とこともなげに言へる甥なりグーグル社員

ただ一度池上線に乗りたりき尋ね尋ねて貧しき葬に

ぴたぴたとおたまじやくしの口をして末の子が来る来て膝に乗る

両の手に頰を包めば尾の切れたおたまじやくしのやうに笑ふも

一人にてなす楽しみのおほよそのつまらなくして橋の端に立つ

考へる人のやうだとしばらくを鏡に映され便器に座る

幾望の月

おびただしく柿の実落つるわが庭に晩夏の蟬が競ふがに落つ

通るたび頭をぶつけゐし柿が前触れもなく落ちてゐたりき

魚のにほひぬるく吹きくる地下道に昨夜の疲れを引きずりて行く

河口とはどのあたりまでをいふのだらう初老とわれを言ふのかきみは

わたくしが嫌ひな奴は彼もまた私を嫌ふ例外はなし

これだけの男であつたか莫迦らしいとその禿頭(とくとう)のうしろより行く

ゐるだけで目ざはりらしいこの人に丁寧に頭を下げて別れぬ

メンデルの法則で遺伝をするらしいたかが耳たぶされど耳たぶ

耳たぶに分離密着の二型ありて密着型が優性遺伝す

閉ぢることのできない耳に風が吹きわれに分離型の耳たぶそよぐ

十五夜の月重なりて三つありどれかがホンものであとはニセもの

物知りのヘンな歌人がわが傍（そば）に幾望（きばう）といふを教へてくれる

満月を挟みて幾望（きばう）、そしてまた既望（きばう）の月のあるを教へぬ

絶滅危惧種のうへに絶滅種のあることは当然のごとく驚異のごとく

きみがもうゐないから自分で覚えなければと柵のむかうのししうどの花

独居老人

ベランダに蟬の三つ四つ転がれるゆふべ消し忘れたる灯りのせゐで

巻きのぼるものを択ばずやぶがらしの繁りて電気メーター読めず

死を悼むものは生きゐるものにして死の苦しみを一度も知らず

呼び捨てにあなたを呼べばゆふぐれの縁より覗く黒猫の耳

独居老人巡回訪問のお伺ひ　いただきてわれが老人となる

両股の対称の位置にある黒子見つけてうれし　あぶないあぶない

両膝にふたりを載せてゆうこちゃんといふおばあちゃんの話をはじむ

蕺草(どくだみ)を吹きくる風に蕺草のにほひあることを言ひし人はも

ガード下にかならず呑み屋のありし頃背もたれのなき床几（しやうぎ）で呑みき

ただ一度三枝昂之泣きたりきゴールデン街かの夜の闇

少しだけ酒を振る舞ひ蒸し焼きにしたる浅蜊をひとりいただく

お螻蛄

晩夏光粗き日差しに枯れてゐるひまはりがあり　わが肺野にて

身を隠しゐたいと思ふ　思ふことなきか西日に輝きて窓よ

看板であり続けるは耐へがたき退屈ならむか猫も少女も

九月、ハイデルベルク。欧州分子生物学会終了後、友人がユネスコ世界遺産マウルブロン修道院へ連れて行ってくれる。ヘッセが『車輪の下』を書いたところ。

隠れて本を読む物陰はいくつもありて若きヘッセを暗く閉ざせり

繰りかへしデミアンをきみは言ひゐしがこの修道院にいまわれひとり

古い大学街には必ず川がある

ネッカーに沿ひてしばらく友とその妻にＹＵＫＯを語りつつ行く

『アルトハイデルベルク』を知つてゐるドイツ人は少ない

ドイツ人の知らぬドイツの小説の話(はなし)してをり川岸のカフェ

気品ある撫でられかたに擦り寄りぬハイデルベルクの雉子柄(きじがら)の猫

日本へと電話をすれば夜のほどろ娘(こ)の声それより大き猫の声

撫でろ撫でろとけたたましくも鳴き叫ぶほんたうに猫なのかおまへは

さう言へばその後わたしはコスモスを見てゐないやうだそんな気がする

もう二年もあなたに逢はない生活をなんの不思議もなく続けをり

たつたこれだけの家族ときみが詠ひしは寒谷峠(さむたにたうげ)この尾根の道

たつたこれだけの家族であるよ子を二人あひだにおきて山道のぼる
河野裕子『はやりを』

こんなにも気配はそばにあるものを一度くらゐ返事をしてみろよ　おい

「お螻蛄おもしろかつたなあ」は死の数時間前の言葉

てのひらにお螻蛄（けら）の腹のこそばゆさいまも感じてゐるのだらうか

インテリのこの住職は仏壇も墓も作らぬわれにやさしき

独居（どつきょ）老人に分類されてわれに来る区役所よりの巡回通知

独居老人の仲間入りせしわれなるを独りでゐられる時間が足りぬ

二百数十年ぶりに谷川浩司永世名人による詰将棋（つめしやうぎ）棋譜（きふ）

『月下推敲』いただきたれど歯がたたず馬と槍とが隅に睨みあふ

隣席に鼻くそ丸めゐる人の指の動きが床に映れる

あつ、攣るると思へばすなはち足が攣る呻きつつはかなき朝がはじまる

少し前

失礼な奴と思へるヤツ増えてすなはち我の老いのはじめか

「少し前」と言つて驚く「少し前」にこの教室の誰もまだゐず

単位なんてどうでもいいよと言ひたきに言ふことならずいまの立場は

監視されてゐるのは確か餌置けばいつもの奴が来て飛び去りぬ

父の骨入れむと開きし永田家の墓よりあまたの馬陸（ヤスデ）が逃げる

家猫となりしばかりに縄張りを持ちて闘ふがんばれがんばれ

人相が悪くなるぜとしぶとくも起きてこぬ娘(こ)を見下ろして立つ

紅(こう)の背を越したる櫂(かい)はさりげなく紅に並びてにんまりとゐる

これ何?・と幼子が訊く　訊くときはそれが欲しいなりお食べ金平糖

われさきに四人子（よたりご）駆け来　最後なる末の子を待ちまづ抱き上ぐる

タイヤの気分

花散らすことなき花のまんじゆしやげ風に揉まるるしどろしどろに

まんじゆしやげの黒く枯れたる蕊を吹く秋風よここに人影を見ず

そろそろかいやまだまだかまんじゆしやげいつまで生きてもひとりはひとり

あと一年、二年五年といくつかの節目を数へそののちの空

池底の石はしづかに日のひかり月のひかりを受けて老いゆく

死なれるは自動詞にしてかつ受身　あなたに死なれてしまつた　すすき

あの時のきみの笑ひは何なりしのけぞりてまたわが胸を打ちて

三人称であなたを語ることおほくなりしこの頃ゐのこづち　おーい

豆腐一丁足らねば自分で買ひにでるほかなく麓のスーパーの灯(ひ)に

きみのゐた頃よりいまのぬかづけの味がいいぜと告げたきものを

またやつた　腐れし梨はぼよぼよとなりたるのちに我に見つかりぬ

干からびてヤモリがいまも張りついてゐる玄関の硝子戸の端（つま）

シーソーの下にぽこぽこ搗かれゐる半円形のタイヤの気分

峰をわたり峰を越えゆく送電線のはるかなたわみのやうにさびしい

メールにて人の死は来る受話器持ちて絶句することなどはもうない

「死の臨床学会」とふに呼ばれたりけふは歌人として講演す

地下駅のどこかに水が漏れてゐるひたりひたりと人には見えねど

申歳(さるどし)の歌人はおほく陽気なりよくしやべるなりよく飲みもして

寝て待てば諸子(もろこ)が空ゆ降(ふ)り来しと山本素石(そせき)　言(げん)のよろしさ

一年に一度、琵琶湖の沖から押しよせる諸子が、降るやうに岸に打ち寄せられたといふ

水馬(あめんぼ)が水を押すとき水にある硬さ弾力踏みごたへなど

日を浴びるといふことなくて闇に座す仏らに死ぬといふ日はなくて

「日本に、京都があってよかった。」と京都人なら絶対言はない

「そうだ 京都、行こう。」つて思へるまでに秋晴れわたる

少女(をとめ)らがそれぞれの胸にかくまへる風こそばゆし　黄のをみなへし

フトモモ科に天人花(てんにんくわ)とふ花はある見しことなけれど見てみたき花

止まらなくなるもののひとつ枝豆の二つ膨らみを二つの指で

YouTube に舟木一夫を呼び出してそろそろあぶない今夜の酔ひは

ドライフラワーになる花そしてならぬ花吊るされてバラの紅(くれなゐ)深し

二〇一三年

にほどりの

あしのねの短かかる世と嘆くまじそのおほよそをともにありしを

にほどりのふたりの卓にふたりのみ酒を飲みにき三年前は

まきさく日月（じつげつ）の丘　貴様とはつひにわれらに羨（とも）しき言葉

低きより光はおよぶ低きより己れ見るべし新しき年

首かしぐごとく地軸を傾けて傷深きこの惑星（ほし）の朝焼け

天狗舞山廃仕込み

太幹（ふとみき）の火の勢ひに手を翳（かざ）し尻を炙（あぶ）りて歳あらたまる

あからひく朝の光はおづおづと比叡の肩よりさし出づるかな

大掃除といふものかつてありにけり畳を叩きて歳往(とし)かしめき

いつ来てもここは特別警戒中いつもと同じ〈特別〉の日々

かりそめの生と思はばかりそめの生の半ばに遭ひて別れぬ

平積みといふ売り方は山積みと似て違ふなり平積みぞ良し

天狗舞山廃仕込み東京より纏はり来たる火(ほ)めきを鎮む

暮るるより早くに雪が降りはじめ『一点鐘』を引き寄せて読む

洟をかめばまぎれもなくてみづくきの岡部桂一郎死んでしまひぬ

秋のコンパス

城のある小さな町に人を待つ人待ち顔といふ顔をして

カーブより現はれしバスが秋の陽のうすき埃のなかに傾く

きみ亡くても生きてはゆける悔しさが哀しみに変はる頃の夕闇

秋千（しうせん）と書きても春の季語なると銹浮く鎖を摑みて揺るる

拾つてきた栗でと恐縮するありてそれを喜びわれらいただく

留学生チューさんこの頃寡黙にて尖閣のことに触れてはならず

秋の日のコンパス立てて辿りゆくユジノサハリンスクに草の絮飛ぶ

きみがしてゐたやうに折りきて挿してをく狗尾草(ゑのころ)の二三本がほどコップの中に

牛膝(ゐのこづち)にひなたとひかげの別ありてこの里道のヒカゲヰノコヅチ

富士七合目

こもまくら高田馬場の居酒屋に酔へる一人を誰も知らざり

クリックをするたびダビデは拡大され左右の睾丸大きさが違ふ

徒手空拳とふ響きの良けれ引きずるもの持たねば老いは楽しからむか

かの日たしかに富士は我らを拒みたりき富士七合目雪ふぶく原

開店前のパチンコ店に男らが列をなしつつ冬の日を浴ぶ

水仙の花待つ日々ぞ初花を届けたき人病床に伏す

竹叢(たかむら)を走る雪ひら竹叢ゆ出で来しときに光を帯びて

おのづから木々にくぼみのあることの雪積む朝の庭に見ゆるも

ガスに捲かれただやみくもに熊笹を漕いでゆくのみどの葉も濡れて

「迷つたら登る」が鉄則　実行のむづかしきもの、ゆゑに鉄則

お母さん似

苺には練乳かけて食ふものと疑はざりき昭和の子らは

馬が走るのではなく床が廻るといふことに気づきはじめて幼な笑はず

阿呆（あほ）やなあほんまに阿呆やと撫でられてあはうな猫になりゆけるかも

たつた一匹きみの知らない猫がゐる阿呆なれどおしやべりな黒白猫が

耳を齧られ膝を嚙まれて帰り来し夜は木天蓼（またたび）の粉を少々

何もかも知つてをるなり床暖房にへなりと猫が薄目をあける

何もかも知つてをるなり竈猫　　富安風生

掃く人のなければただに積もるのみ藪椿の紅(こう)は積もらせておく

ひとつまたふたつと記憶を消すやうに弄(もてあそ)ばるる綿虫は風に

影を持つもののみがさびしさの影を曳く　蠟梅のめぐりにひかりは沈む

蛍光灯は影を消すゆゑ蛍光灯の下であなたは眠つてはいけない

二次元がまだ美しく静かなりしあのころ私に逢ひたるひとよ

食べるまへも食べても独り　わたくしに聞かせるために咳ひとつする

冬の蝶はなぜ黄色なのかを考へて柊野（ひらぎの）別れのバス停にゐつ

朝ごとにわが屋根に来て足踏みをするゆゑ餌をやらねばならぬ

鳥に餌をやつてゐることご近所に言つてはいけない知られてもいけない

和服を着れば殊に似てきて賞状を受け取る娘の横顔を見つ

お母さんに似てきやはつたと皆が言ふわれもしか思ふかなしかれども

片づけのできないところはお母さん似と嘯いて娘は本の間に寝る

猫と娘とどちらが長く寝るのだらう見較べをりしがどちらも起きず

死に続く眠りといふを思ひをりだあれも起こしてくれない眠り

貧しき梅

裏口に明かり乏しく照らされて傾斜はありぬ霊安室まで

ほつとした悲しみをもて囲まれていまだ死者とはなれぬこの屍は

六十代の体力

若き日のわれに逢ふまへ破られしページの多き汝が日記帳

泣いてゐるのは今の私　若き日のきみを泣かせてをりたるをとこ

そのをとこ若くて熱くて性急でそれより熱きをんなに逢へり

その声をよろこぶ人はあらざるをわが裏山に鳴く青葉づく

恥づかしい言葉で挨拶を括りたり恥ぢつつ降りしが誉められにけり

ごめんごめん早く帰ると傍らに言ひ訳をする男羨しも

六十代の体力だねと馬場あき子わが背をぽんと叩きて去りぬ

もうろく帖

泣くひとをけふは見たりき声あげてただ泣くためにだけ泣くひとを

このあたりの者にござると春の土を盛りあげ土竜はまつすぐに行く

思ひだせない名前が次第に増えてゆく草のくぼみに陽が差すやうに

鶴見俊輔『もうろく帖』にひつそりとわが歌引かれ慎みてをる

ＷＢＣ予選、プエルトリコ戦

日本はまさかの負けに負けたれど負けには負けの雰囲気がある

さびしいよ　どんなに待つてももう二度と会へないところがこの世だなんて

咲(ひら)かざる花なく散れる一花なく桜膨るる夕暮れの岸

短き旅・ローマ

旅人の耳が聞くなりパンテオンの裏に宿りて午後五時の鐘

Gabriella（ガブリエラ）　歳をとりたり中世の石壁の家に亀と暮して

ここまでは観光客も来ないねなど言ひつつ観光をしてをりわれら

ペニスなべて削りとられしまま並ぶ古きパティオのローマの戦士

犬五匹を侍らせ子犬を抱く男　犬の哀れに金を置きたり

サンタ・マリア云々といふチャーチいくつ過ぎきてローマの町はづれなり

シドニーは秋

貝殻のオペラハウスを出て歩む二人とひとりシドニーは秋

どの角度に撮りても夫婦の落ち着きがふさふさとして秋の日差しに

日向より日陰に入れば秋の風父なる位置を解かれ歩みぬ

こんなにも笑顔やさしくなりたるは身籠りしゆゑ伴侶得しゆゑ

テツヤズの哲也氏われらを連れてゆく鮑のしやぶしやぶ中華人街

初めてと言へば誰もが驚きぬ仕事を抜きの海外と言へば

ゴードン再び

学生ら去りたる夏の寄宿舎の窓に小さしニューハンプシャーの月

窓の下に夜の沼ありウシガヘル声にも狼藉といふがあるなら

二〇年いくたびここに呼ばれ来て大物より順に死ににき

腰にタオルを巻いて髭剃る若者が泡のなかよりKazと呼びかく

おほかたは名字を知らぬ学者らにJeffやRickが何人もゐる

日本を代表するといふ意識面倒なものだがなければ困る

"Excellent question!"とひと先づ言ひて応じゆく二〇年とはさういふ時間

あいまいに相槌を打ちしところより話はつひに嚙みあはぬまま

秋さらば

いつのまに死んでゐたのか雌日芝の穂が眼交ひに揺れてゐるまに

存在は影を鋭く地に落とすわが影に添ふ影のあらなく

死者はもう匂ひといふを持てぬことわれは思ふもあの頃のにほひ

まばたきをしてゐるやうに照り翳り山の間の水に夕闇が来る

内暗く灯してバスは行き過ぎぬ雲ケ畑（くもがはた）まで枝道はなし

秋さらば生まれくる子よ君が知らぬたつたひとりにて悲しくも悲し

おのづから腹に手をおき撫でてゐる時間の多くなりにけるかな

名前はわたしがつけるときつと言ふだらうメヒシバの穂をさやさやさせて

きつとあなたをさがすのだらう秋さらば生まれくるはずの子は女の子

ガラス隔てて逢ふピエタなどつまらなしあの日のピエタをわがものとして

ゴミムシとゴミムシダマシ歓びはゴミムシにこそありと思はめ

透明と無色は違ふものなれば無色人間といふはあり得ぬ

蝸牛（まひまひ）の進化したるが蛞蝓（なめくぢ）と言はれて何かが納得しない

蝸牛に肺があるなんて知つてたか舌だつてあるしペニスだつてあるんだ

感嘆符のごとき光を帯びて消えし鮑は水中にのみ生きるもの

体重といふを知らずてひと世終ふる紋白蝶のやうな悲しみ

めぐすりの一滴が海馬の奥深く沁みこむやうに君を憶(おも)ふも

あなただけを愛したのよともう一度言ひてそつぽを向くたちあふひ

終点まで一緒と言つたはずなのに途中下車して風草そよぐ

尻尾にも網目はありて夕暮れの網目キリンは網目のなかに

蓬髪と言はれ続けていつのまに野末は赤き夕映えである

買ひ置きの卵が無くてなにゆゑにはしやいでゐるのか今夜の私

いま一歩でしたと言へりいま一歩踏み出さばさらに一歩と言ふらむ

褒めるでも貶(けな)すでもなくいま一歩とふ便利な言葉は人を切り棄つ

ほんたうに怒つてゐるのだ情けなくて怒るとふこと君にわかるか

尖閣

第一歌集復刻されてああどこにもはみ出しさうな言葉がほめく

第一歌集『メビウスの地平』文庫化される

押されてはまた押しかへす若さゆゑ言葉と言葉が窮屈なのだ

くだくだと感想多き説明が好きなり秋櫻子版歳時記の横長（よこなが）

体温の高さに辟易するやうに凌霄花（のうぜんかづら）が花を散らせる

緊急出動してくることを前提として隣国の旗は来向かふ

大陸の風の強さが引き絞るこの弓なりの秋津洲日本

水に流すといふを美徳とせぬ国とこののちも永遠の隣国として

へうたん島のやうにはゆかねどもう少しできれば東に移したきもの

男も女も押しの強きは苦手なり国と国とのことにあらねど

あやす

汗くさき匂ひ残れるエレベーターこの大学にまだ数年はある

落花狼藉と初めて書きしは誰ならむ凌霄花(のうぜんかづら)は朱の花敷けり

本人を知らなければきつと良かつたと歌集のページ繰りつつ思ふ

もう少し我慢してれば餌が来る撫でられて薄く目を開ける猫

曼珠沙華のしんと明るく咲きしづむこの切り通しに人影を見ず

ヒンズースクワットけふ三〇回よしよしと湯舟に入れば湯のあふれたり

惚けたかなと言へばだれもがそれなりに納得するらしそれもさびしい

ああ一週間は左右対称の漢字ばかり　そのいづれかに死なねばならぬ

曲げられて曲げられて水は流るとも見えざるままに町をはづれぬ

ほこりまみれのきのこのやうに笑つたら少しさびしく人も笑ひぬ

手持無沙汰に時間を潰す北の街　われを待つ人どこにもあらず

見せびらかしてゐるみたいだねごめんねと写真の前に幼なをあやす

作り置きといふ術なども身についてシチューを小分けにして冷凍す

こんなにも俺は水つぽかつたかと欠伸のあとの水洟をかむ

眠つてもいいけど凭れてこないでねお相撲さんが私の横に

みしみしと黄葉が峪を押し狭め中央西線無人の駅舎

落葉松の黄葉が好きだ落葉松を見れば思はる高安国世

二〇一四年

危惧

見逃しし誤植のごとき居心地の悪さにふたたび法案を読む

特例と言ひて許さばやすやすと言ひかへられて先例となる

ヘリコバクター

この家に灯をともすにんげんはおまへだけさねと猫はねむれる

万歩計におもねるやうな歩みなり比叡颪(おろし)をまともに受けて

カロリーも歩数も時間も経路さへ記録されゐてわれの一日

秋の日の暮れがたの陽にけぶりつつ飛びゆくはH（ヘリコバクター）　ピロリとふ奴

父が死にその妻たりし人去りぬそんなものかも　父は知らねど

あのとき

仰向けによろこぶ猫の無防備がうれしくて撫で丸めては撫づ

たつたひとりあなたの知らぬ嬰児を抱いてゐるときあゝおぢいさん

あの頃のあなたの歌がやうやくに読めるやうになりぬその寂しさも

わたしよりわたしを知つてをりしひと亡くてわたしは死ぬときを知らず

猫と嬰児

猫が鳴き赤子が泣けば猫が鳴く雪降る午後のゆふぐれのころ

猫が鳴けばさらに大きく泣く幼な　きみの最初の敵かこの猫

ほんたうのひとりぼつちをまだ知らず颯(さう)もわたしもこの嬰児も

そんな父が欲しかつたのか子を連れてバスケットに行く息子の背中

赤飯を炊いた食ふかと聞いてくるぶつきらぼうは電話の向かう

第十一旅団

二丁目といふのは何かいいよなと小さき公園のベンチに座る

息切れをしても不思議はないのだと階の途中で空を見てゐる

話の長くなり来しは老いの験(しるし)ぞと笑へば笑ひはまた己にも

開かない抽斗が少しづつ増えてゆく晩年といふ日だまりのなか

憩室(けいしつ)とふ不思議の部屋の日だまりに木の椅子ありき午後ふかき頃

窓の手すりにゐたライオンのかなしさを向田邦子は言はず死にき

もういやだ放りだしたいなにもかも聞く人なけれど言ふだけは言ふ

ほめかたがだいぶあなたに似てきたよ　紅（こう）のことだよ　泣けてしまふよ

枝にあれば愛でられ落ちれば疎まれて柚子の黄の実はいつでも寡黙

一月末日、雪の北大

雪しまくゆゑ降りられぬ札幌の町に講演時間はせまる

ひとの都合といふを斟酌せぬゆゑに雪による遅れは尊（たつと）ばるべし

一〇〇〇〇メートルの気圧を処分できなくてわたしの耳が戻ってこない

翌日、雪祭り前の大通り公園を歩く

日当たりと日の陰の差のまざまざと歩道の雪の厚さを渉る

赤煉瓦の庁舎は雪に埋もれゐて旅行者のみがそを一周す

雪を積み雪を削りて晴れがましき視線のなかの自衛隊員

陸上自衛隊第十一旅団のひとびとのヘルメット鈍く高きに光る

税金の還元のひとつか雪像の高きに隊員らつぶつぶと見ゆ

雪祭りつづけるためには必要で戦争を起こすには必須である

雪消えし舗道に炭のつぶつぶが残りゐて春はもう近からむ

オクラホマミキサー

ペリカンの太きペン先一字づつゆつくりと人の悲しみに添ふ

近寄りてまた遠ざかる草のうへオクラホマミキサー戦後の風よ

藁の中の七面鳥はどうなつたのだつたかひとりうしろの女性に移る

老化せず癌にもならず見栄え悪きをなにするものぞハダカデバネズミ

鹿除けのネットを庭に張りたれば網の向かうに夜を啼ける鹿

添ひ寝していつもそのまま寝てしまふ娘は娘でありし日のごと

父と娘が自転車に来て帰りゆくまでを見てをりゆふぐれの窓

花の吉野に霰たばしる

あの日よりわれは泣かぬを泣くことをせぬわたくしの卵のごはん

まつすぐでかつ人間ができてないあなたの批判いまもときをり

跳ぶのではなく飛ぶべしと励まして午後の窓辺にペンギンとわたし

みしみしと花の重さに撓む枝　又兵衛桜石垣の端

これがわが井光（ゐひか）の社と指させるこの人に尾はあるらむあるべし

地図になき井光神社がここにある井のうへの祠に二度礼（ゐや）をする

井光山荘ここに井氷鹿（ゐひか）の井のあるを知らざる人らの行く吉野道

熊ん蜂

水平に白い手袋の指差せる進行方向とふは何もなき方向（かた）

空中を歩いて五分ユリカモメ新橋駅から次の駅まで

一の橋二の橋過ぎて三の橋麻布十番娘（こ）の家に着く

ふたつほしてんたうむしが床に死ぬ死んでつまめぬ丸き背の星

チューリップはいいわねお尻がかはいくて、なんて言つてたはずのあなたが

ぱたぱたとタオルを振つて干すときにあなたがゐない此の世と思ふ

それがなぜあなただつたか夕暮れの火に火を足してまた思ひをり

木の下に火を挿し入れて焚くなれば夕暮れの火はただにさびしい

夕暮れの滑車を静かに引きおろしひとの額は翳らひにけり

いまの私を見てゐてほしいと思ふ人みんなゐなくて菜の花畑

ホバリングしてゐる蜂はくまんばちそれ以上来るな近づくなつてば

地上より二メートルほどを哨戒しこの熊蜂との緊張がつづく

尖閣のことなども思はれて

わが庭を自分のものと思ひゐる蜂がゐてむづかしいなり戦へば負ける

領空侵犯と彼も思ふかわが庭にわれを威嚇すこの熊ん蜂

旗のごとわが立ちたれど旋回し羽音ことさらに譲らざるらし

どこからかわれを見張つてゐるらしいこの隣人は永久の隣人

この頃やけに長くなりたる眉を切るあの頃の村山富市好きだつたなあ

またここにありて毒づくこの国にいくつあるのかふれあひ広場

ふれあひも癒しも、絆、思ひやり、おもてなしなどどれも嫌ひだ

確かにさうには違ひないのだが人身事故とふ放送のざらざらとして

川堰の小さき渦から抜け出せぬペットボトルのやうな私だ

燃えてゐるあひだのみ火と――悼小高賢

燃えてゐるあひだのみ火と呼ばれゐし火は柿の木のしたに消ゆるも

鍵をかけてひとりで死んでゐたなんてさびしすぎるぞ小高賢には

約束はどうしてくれる浅草にどぢやう喰はせると言つてゐたはず

浅草のどぢやう井関は無くなつて一緒に行かうと言ひゐし人も

ビニール袋が地をはしりゆく冬の日に笑顔と怒れる顔ばかり顕つ

愚直と言はば君は怒(おこ)るか阿諛追従の歌壇を瞋(いか)り歌人を忿(いか)り

直球の君の批評は愉しかつたが我への批判も聞いておきたかつた

三〇年に三〇年

タンポポもナヅナも咲いてとんとんと地球と逆に私は歩く

春の陽となりて光がこんなにも弾力を持つ乳房のやうに

光には光の暈（かさ）のあることのけふはこんなに息苦しくて

「塔」六〇周年記念号

四〇〇ページを越えたる「塔」を携へて小さき墓の前まで来たり

午後の陽がまぶしくて読めぬ墓石の横に刻まれある君の歌

わが病むを知らざる人らわが心の広場にあそぶたのしきさまや　高安国世

街なかの小さき墓に君ねむる石の割れ目に咲けるタンポポ

先生と言ふに抵抗がなくなりて「先生、やつと」と呟いてゐる

三〇年、君が始めて三〇年われが引き継ぎまた三〇年

君の知らぬ君を知らざる若きらにあのときはねえとまた言つてゐる

人生の半分弱といふ時間ひとつ雑誌にちから注ぎき

ひとつ雑誌をわたくしせずに来たることいつよりかわれの恃（たの）みともして

よくやつたとほんとに思ふわたくしを出さず抑へて来し三〇年

公平に見つづけること全体を見渡すことはいつも孤独だ

中心はぶれてはならずあまつさへ己に傾くことを怖れき

できさうもないと言はれしことといくつわれを支へて若きらがありし

学生時代よりともに来たりしひとりにて　一緒に飲まうぜ花山多佳子

わたくしの誇りと言つても今ならば許されるだらうかこの仲間この雑誌

こんなにも力を注ぎ来しことを見てゐてくれしは妻なりし人

あなたならきつと褒めてくれただらう　こんなにわたしは磨り減つてゐる

ゐてほしいとおもふのはもうゐないとき　鍵をまはして戸を開けるなり

鼓室前庭に前庭窓と蝸牛窓の二つの窓がある

白き蝶縺（もつ）れつつゆけり前庭に椅子は静かにとりのこされて

風さへも声をひそめてゐる庭に滑車神経といふを思へり

いましがた人消えゆきし気配のみなまなまと二つの窓開きをり

耳ざときキクラゲたちよ帰りくる人あらばその気配を告げよ

畳まれて押し花のやうに透きとほる記憶となりぬきみとの時間

気象通報だけを頼りに天気図を書きゐしころの雪のビヴァーク

鬱陵島では南東の風風力2曇り気圧は九八〇ミリバール

パスカルになにゆゑ一〇〇倍（ヘクト）がついたのかヘクトパスカルよりミリバール

赤岳の山頂の夜にわれが見しあれはたしかに雪女だつた

われに会釈をして降りゆきしひとりあり帷子(かたびら)の辻が夕焼けてゐる

古い映画のやうな夕日が駅に差し私を降ろして電車が動く

あとがき

二〇一一年（平成二十三年）から二〇一四年（平成二十六年）までの作品、五三一首をまとめて一冊とした。その他に長歌が一篇収録されている。『夏・二〇一〇』に続く、私の十三冊目の歌集ということになる。

こうして一冊の歌集としてまとめるため、歌の整理をしていて、二〇一〇年に亡くなった河野裕子の歌の多いのに、あらためて驚いている。本歌集『午後の庭』の前半部にあたる時期は、河野が亡くなってまだ一年も経たない頃であり、彼女を思うこと以外は歌にならなかったというのが、私という存在そのものであった。読者には辟易されるのではないかと怖れもするが、そのままの形で残すことにした。

今回読みなおしてみて、徐々に徐々にではあるが、歌集の半ばから後半にかけて、他のものに対しても目が行くようになり、少しずつ回復していく過程が自分でもよくわかったのであった。私は、歌によって癒されたなどと軽々しく言いたくないと思っている人間であるが、彼女に対する思いをとことん歌として作り続けることで、その悲しみの時間と懇ろに付きあってきたのかもしれないと、いまは思っている。

もう一つ、今回歌集にはじめて長歌を収めることになった。二〇一一年三月十一日の東日本大震災の、この世のものとも思えない現実に接したとき、私にはどうしても一首一首の歌で詠えないというのが実感であった。それが、実に自然に長歌となったのであった。生まれて初めてのことであった。これも自分ではちょっと説明できないことであるが、この意味については、せっかちにならず、ゆっくり向きあいながら考えていきたいと思っている。

本歌集を、編集者というよりは、歳若い友人として付き合っている石川一郎、住谷はる両氏の手によって出せることを喜んでいる。『短歌』では、ちょうど「現代歌人特集シリーズ　永田和宏」という大きな特集（二〇一七年十二月号）を組んでいただいたところである。充実した内容にしていただき、また歌人シリーズのトップバッターとして取り上げていただいたことにも、深く感謝している。装幀もまた長年の友人、倉本修氏にお願いすることになった。『午後の庭』というタイトルにふさわしい、懐かしいような雰囲気にしていただき、感謝している。

永田　和宏

平成二十九年十一月三十日

歌集　午後の庭　ごごのには

塔21世紀叢書第317篇

2017（平成29）年12月24日　初版発行
2018（平成30）年7月30日　2版発行

著　者　永田和宏

発行者　宍戸健司

発　行　一般財団法人　角川文化振興財団
〒102-0071　東京都千代田区富士見1-12-15
電話03-5215-7821
http://www.kadokawa-zaidan.or.jp/

発　売　株式会社　KADOKAWA
〒102-8177　東京都千代田区富士見2-13-3
電話0570-002-301（カスタマーサポート・ナビダイヤル）
受付時間　11:00 ～ 17:00（土日　祝日　年末年始を除く）
https://www.kadokawa.co.jp/

印刷製本　中央精版印刷株式会社

 ISBN978-4-04-876418-6 C0092